AF451524

SOUS PRESSE : Un Jeune Homme charmant, drame-vaudeville en 5 actes, de MM. Paul de Kock et Varin.
La Fille du musicien, drame en 3 actes (*Madame Dorval*).
César ou le Chien du Château, de M. Scribe.

LA FRANCE
DRAMATIQUE

AU

DIX-NEUVIÈME SIÈCLE.

Variétés.

LES OUVRIERS,
VAUDEVILLE GRIVOIS EN UN ACTE.

515

PARIS

J.-N. BARBA, | BEZOU,
AU PALAIS-ROYAL, | BOULEVARD SAINT-MARTIN,
DERRIÈRE LE THÉATRE-FRANÇAIS. | ET RUE MESLAY, 34.

AU MAGASIN GÉNÉRAL DES PIÈCES DE THÉATRE
DE CH. TRESSE, SUCCESSEUR DE J.-N. BARBA,
Palais-Royal, Grande Cour, derrière le Théâtre-Français.

1859

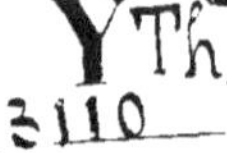
Yth
3110

LES OUVRIERS

OU

LES BONS ENFANTS,

COMÉDIE GRIVOISE EN UN ACTE,

MÊLÉE DE COUPLETS,

PAR MM. FRANCIS, BRAZIER ET DUMERSAN,

Représentée pour la première fois, à Paris, sur le théâtre des Variétés,
le 27 avril 1824.

DISTRIBUTION DE LA PIÈCE :

M. MARCEL, entrepreneur de bâtiments.	MM. BOSQUIER-GAVAUDAN.
GACHET, maçon.	BRUNET.
PARISIEN, menuisier.	ODRY.
MARTIN, couvreur.	LEFÈVRE.
DURU, serrurier.	FLEURY.
PIERRE BIDOT, jeune charpentier.	ARNAL.
MADAME DURU.	Mmes ALDEGONDE.
MADAME MARTIN, Provençale.	CHALBOS.
MADAME GACHET.	FÉLICIE.
MADAME BERTRAND, aubergiste.	GONTHIER.
MADELAINE, sa fille.	MARIA.
OUVRIERS et leurs femmes.	

La scène se passe près la barrière de Clichy.

Le théâtre représente le jardin d'une guinguette, fermé par des treillages à la hauteur d'appui. On y voit des tables grossières. A droite de l'acteur, l'entrée de l'auberge, avec une enseigne représentant un gigot, un pâté, des poissons, etc. Sur le devant, un comptoir garni de vaisselle ; dans le fond, l'entrée du jardin donnant sur la campagne ; on lit au-dessus : AU RENDÉ-VOUS DES BON'Z'ENFAN. A gauche, un orchestre et une grille qui est censée donner sur un jardin.

SCÈNE I.

MADAME BERTRAND, MADELAINE.

MADAME BERTRAND, appelant.

Arrives-tu donc, Madelaine, ou faut-il que j'aille te chercher ?

MADELAINE, en dehors.

Attendez donc, ma mère ; c'est que j'aveins les nappes.

MADAME BERTRAND.

Les nappes ! les nappes ! Je te vas donner des tapes.

1

MADELAINE, entrant avec des nappes de toile écrue.

Me v'là. Faut-il pas le temps à c'qu'on fait, tiens !

MADAME BERTRAND.

Mettez ça là ; j'aime la propreté, ma maison est renommée pour le linge blanc.

MADELAINE, mettant les nappes sur les tables.

Mon Dieu ! qu'on a de mal dehors de cette barrière depuis qu'on bâtit tant de tous côtés !

MADAME BERTRAND.

On bâtit... on bâtit... tant mieux, ça occupe le pauvre monde ! ça fait vivre l'ouvrier ; et puis faut bien loger un chacun.

MADELAINE.

Ça fait que j'ai un mal ici...

MADAME BERTRAND.

Plains-toi donc ! Est-ce en restant les bras croisés que tu amasseras une dot ?

MADELAINE, pleurnichant.

Je n'en ai que faire de dot, puisque vous ne voulez pas que je me marie.

MADAME BERTRAND.

Je ne veux pas que tu te maries... avec Pierre, parce qu'il n'a pas le sou ; v'là tout.

MADELAINE.

Croyez-vous pas que la fille d'une cabaretière trouvera à épouser un millionnaire ?

MADAME BERTRAND.

Non, mais elle trouvera quelqu'un dans le cas de travailler, au lieu que Pierre...

MADELAINE.

Tiens, c'n'est pas d'sa faute, à ce pauvre jeune homme, s'il est tombé d'un bâtiment où c'qu'il était à travailler, puisqu'il est charpentier de son état.

MADAME BERTRAND.

Eh bien ! s'il est tombé, qu'il se ramasse.

MADELAINE.

Il s'a ramassé aussi, et bientôt il sera à même de reprendre son ouvrage.

MADAME BERTRAND.

Qu'en sais-tu ? tu l'as donc vu ? il n'est pas blessé pour venir flâner par ici ! Qu'il me tombe sous la main, et je lui mettrai une compresse sur la joue.

MADELAINE.

Hein ! que vous êtes méchante !

MADAME BERTRAND.

Tais-toi, pleurnicheuse.

Air : *Tenez, moi, je suis un bon homme.*

Allons, allons ! voilà deux heures
Qui vont sonner dans un instant.
Au lieu de travailler, tu pleures !
A la cuisine l'on attend.
Là, bell', dissipez vos alarmes ;
Les ouvriers vont v'nir chez nous,
Et ce n'est pas avec les larmes
Que tu tremp'ras leur soupe aux choux

MADELAINE sort en pleurant.

Ce pauvre Pierre ! ce pauvre Pierre !

SCÈNE II.

MADAME BERTRAND, M. MARCEL.

MARCEL.

Eh bien ! eh bien ! mère Bertrand, vous grondez encore votre fille ; vous êtes donc toujours en colère ?

MADAME BERTRAND.

Non, je ne suis pas en colère ; c'est que je suis criarde comme ça.

MARCEL.

Est-ce que vous n'êtes pas contente de votre fille ?

MADAME BERTRAND.

Ma fille ! au contraire, je vous prie de croire qu'elle ne me donne que de la satisfaction.

MARCEL.

Mais vous la grondez toujours.

MADAME BERTRAND.

C'est parce qu'on voudrait que les enfants fassent de mieux en mieux ; mais c'est son diable de Pierre...

MARCEL.

Ah ! Pierre Bidot, ce jeune compagnon charpentier qui s'est blessé dernièrement dans ce bâtiment que je fais construire près des abattoirs.

MADAME BERTRAND.

Avec tout ça, voilà trois mois qu'il ne travaille pas.

MARCEL.

Ce n'est pas sa faute.

Air *de Préville.*

S'il avait reçu sa blessure
En se battant dans quelque cabaret,
Ou bien encor dans certaine aventure,
   Personne ici ne le plaindrait.   (*bis.*)
Mais il tomba de son échafaudage ;
   Il faut respecter son malheur !
Car l'ouvrier, plein de zèle et d'ardeur,
Qui perd un bras en faisant son ouvrage,
Est un soldat qui tombe au champ d'honneur.

MADAME BERTRAND.

Je sais bien qu'il y a des états ous que les pauvres ouvriers sont bien exposés.

MARCEL.

Que voulez-vous ? c'est une chance que j'ai courue comme eux ; avant d'être maître j'ai été ouvrier, manœuvre même, et je n'en rougis pas.

Air : *Quand je partis de mon pays.*

Jeune, j'ai servi les maçons :

C'est la marche commune :
Et d'échelons en échelons
J'ai gagné ma fortune.
Dans mes riches appartements,
A mon état fidèle,
Avec orgueil à mes enfants
Je montre ma truelle.

MADAME BERTRAND.

Eh bien ! quand Pierre pourra montrer la sienne dans des appartements comme les vôtres, il aura ma fille.

MARCEL.

Je vois que vous voudriez un homme qui eût un état tout fait.

MADAME BERTRAND.

Certainement.

MARCEL.

Si je vous proposais cela, moi ?

MADAME BERTRAND.

De votre main, monsieur Marcel, je prendrais tout.

MARCEL.

Vous contenteriez-vous pour votre fille d'un homme qui aurait un bon établissement?

MADAME BERTRAND, à part.

Est-ce que ce serait lui-même, justement qu'il est veuf? (haut.) J'ai toute confiance en vous, monsieur Marcel. Ne serait-ce pas par hasard un gros courtaud, figure réjouie... hein !

MARCEL.

Il viendra ce soir au repas que l'on doit commander chez vous.

MADAME BERTRAND.

Quel repas ?

MARCEL.

Comment ! vous n'êtes pas encore prévenue... Mes ouvriers doivent faire ce soir un grand gala chez vous.

MADAME BERTRAND.

Un grand gala ! et je n'en savais rien ! Ils ne préviennent jamais qu'au dernier moment, les cruels hommes! Quel bonheur que j'ai été ce matin à la halle et que j'ai des provisions ! Pardon, vous me permettrez d'aller donner un coup d'œil à la marmite.

MARCEL.

Air *du pas des Trois Cousines.*

Traitez en mère de famille
Ces bons enfants, ces vrais amis;
Et songez près de votre fille
A ce que vous m'avez promis.
Qu'une cuisine bien soignée
Mette en vogue votre maison;
Ils vont raccourcir la journée.

MADAME BERTRAND, à part.

Je vais allonger le bouillon.

ENSEMBLE.

MARCEL.

Traitez en mère de famille, etc.

MADAME BERTRAND.

Traitons en mère de famille
Ces bons enfants, ces vrais amis;
Vous pouvez compter sur ma fille;
Je tiendrai ce que j'ai promis.

(Elle entre dans l'auberge.)

SCÈNE III.

MARCEL, seul.

Pierre Bidot est un excellent sujet, il aide sa mère et sa sœur du fruit de son travail; je veux et je dois le protéger... mais gardons-nous bien de faire trop paraître ma protection : elle blesserait ses camarades, tous les autres ouvriers du bâtiment qui ont ouvert une souscription pour lui. Les braves gens !

Air *de la ronde de Dumolet.*

Ces gens de rien
Font souvent du bien ;
D'autres ont du bien
Et ne font rien.
S'agit-il de quelque bonne œuvre,
De s'appauvrir le riche a peur;
Mais l'ouvrier, mais le manœuvre,
Ne prend conseil que de son cœur.
Ces gens de rien, etc.

Comblés des dons de la fortune,
Les riches se battent entre eux ;
Les pauvres font bourse commune.
Ah ! que les pauvres sont heureux !
Ces gens de rien, etc.

SCÈNE IV.

MARCEL, PIERRE.

PIERRE, le bras en écharpe.

Ah! bonjour, monsieur Marcel; je vous trouve bien... Je viens vous dire que je m'ennuie de ne pas travailler, et que, si le médecin ne lève pas la consigne, je vais lâcher le sautoir d'indienne et reprendre ma volée sur les solives.

MARCEL.

Et moi je te le défends ; si tu fais une imprudence, tu peux retarder ta guérison... d'ailleurs tu n'as pas d'inquiétude.

PIERRE.

C'est justement ce qui me fait de la peine... depuis deux mois que vous me payez à rien faire...

MARCEL.

Tu t'es blessé en travaillant pour moi.

PIERRE.

C'est pas votre faute si je suis un maladroit.

Air de la peine et du plaisir.

C'n'est pas qu'là-d'ssus je craign' que ça vous gêne;
Vous avez bien les moyens de m'nourrir;
Tous les sam'dis je viens toucher ma s'maine;
Quand on est fier ça donne à réfléchir.
Tenez, l'argent que l'on gagne sans peine,   (*bis.*)
A dépenser ne fait pas de plaisir.   (*bis.*)

MARCEL.

Je sais ce qui t'amène ici; mais je te préviens
que madame Bertrand n'est pas du tout disposée
en ta faveur.

PIERRE.

Vous ne me prévenez pas, monsieur Marcel,
je le sais bien; mais je vais vous dire une chose
que vous ne savez pas et qui me tracasse : c'est
que pendant les quinze premiers jours que j'ai
été chevillé sur mon lit, il y en a un qui ne l'é-
tait pas, et qui est venu se mettre en tournée du
côté de Madelaine... un de vos compagnons me-
nuisiers...

MARCEL.

Qui donc? le Picard?

PIERRE.

Non.

MARCEL.

Le Bourguignon?

PIERRE.

Non; c'est le Parisien.

MARCEL.

Ah! le Parisien! Méfie-toi; c'est un beau parleur, mais un sournois.

PIERRE.

Oui, mais je suis là... je peux sortir à pré-
sent.

MARCEL.

Allons, allons, point de coups de tête.

PIERRE.

Ah! l'Parisien n'est pas méchant; quand il me
voira sur le chantier, il ira planter ses tasseaux
plus loin.

MARCEL.

Allons, mauvais sujet. Tiens, voilà Madelaine;
je vais voir si les ouvriers... Profite de la cir-
constance pour lui dire un petit bonjour pendant que sa mère n'y est pas. Au revoir! Madelaine...

(Il lui prend le menton et sort en riant.)

SCÈNE V.

PIERRE, MADELAINE.

MADELAINE, entrant.

Tiens, j'arrive et monsieur Marcel s'en va en
riant; la cause donc?

PIERRE, riant.

Il est bon enfant; il sait ce que c'est.

(Il veut l'embrasser.)

MADELAINE.

Un moment; prenez garde de vous échauffer.
Avez-vous la permission du sirurgien?

PIERRE.

Oh! je n'ai pas besoin de lui pour ça.

AIR : *Un jeune troubadour.*

J'puis trotter tout le jour
Sans qu'ma blessur' me gêne;
Pour vous, ma p'tit' Mad'laine,
J'ai bientôt fait un tour!
Sûr d'étr' payé de r'tour,
J'viens d'la ru' Contrescarpe,
Et le bras en écharpe
N'empéch' pas d'fair' l'amour.

(Il l'embrasse.)

SCÈNE VI.

LES MÊMES, MARTIN LE COUVREUR, portant une
tirelire en terre cuite ornée de rubans; **GACHET LE
MAÇON,** en habit de travail.

MARTIN.

N'te gêne pas, luron; il paraît que ça va
mieux...

GACHET.

C'est jeune, ça s'embrasse; pourquoi que tu
les déranges?

PIERRE.

Eh! bonjour, père Martin! bonjour, père
Gachet!

MADELAINE.

Vous venez dîner?... la soupe n'est pas encore
trempée; il n'est pas encore deux heures.

GACHET.

C'est égal, donne-nous une bouteille de vin en
attendant. Nous venons commander un repas.

MARTIN.

Et, selon la coutume, il faut que les commis-
saires déjeunent sur la masse.

PIERRE.

Tiens, un repas! j'en serai-ti?

MARTIN.

Si tu veux; ça regarde le bâtiment.

GACHET.

Puisque t'es charpentier, t'es du bâtiment; viens que je t'explique... Une supposition : tu te trouverais être perruquier, tu ne serais pas du bâtiment; alors tu ne pourrais pas en être.

PIERRE.

Ah! j'entends, c'est un repas de corps; et à quelle intention?

MARTIN.

Tu le sauras quand on te le dira. (à Gachet.) Ne lui dis pas ce que c'est, pour lui laisser la surprise.

GACHET.

On ne te dit pas ce que c'est pour te laisser la surprise.

MARTIN, lui donnant un coup de coude.

Taisez-vous donc, père Gachet; c'est de trop ce que vous lui dites.

GACHET.

Une supposition qui devinerait! faudra bien qu'il le sache.

(Il rit.)

MARTIN.

Allons, du vin.

(Ils se mettent à table à droite du spectateur.)

SCÈNE VII.

LES MÊMES, MADAME BERTRAND, MADELAINE,
apportant une bouteille et deux verres.

MADELAINE, posant la bouteille.

Il est à quatorze ; c'est de celui que vous buvez toujours.

MADAME BERTRAND.

Qu'est-ce qu'on m'a donc dit, que vous avez un repas à commander?

MARTIN.

Et un solide : vingt couverts.

MADAME BERTRAND, apercevant Pierre.

Tiens! te voilà ici, bon sujet; tourne-moi les talons.

PIERRE.

Pourquoi donc ça, mère Bertrand?

MADAME BERTRAND.

J'ai pas de compte à te rendre ; va-t-en, qu'on te dit.

MARTIN, d'un ton d'autorité.

Pierre, viens te mettre ici. Qu'est-ce que vous lui voulez? Il est avec nous, ce jeune homme.

MADAME BERTRAND.

Comment, comment! un mauvais garçon charpentier!

GACHET.

Une supposition qu'il ne serait pas avec nous.

vous auriez le droit de le renvoyer ; mais il est de notre écot, vous devez le servir comme un autre.

MARTIN, brusquement.

Un verre!

MADAME BERTRAND.

Ah! petit gamin, tu me le paieras, va!

MADELAINE, apportant un verre.

Voilà, messieurs.

MADAME BERTRAND, lui donnant une tape.

Te v'là bien pressée.

MADELAINE, pleurant.

Faut ben servir les pratiques, tiens.

GACHET.

Pourquoi la tapez-vous, c'te jeunesse, puisqu'elle fait son devoir?

MADAME BERTRAND.

Ça ne vous regarde pas; mêlez-vous de votre bouteille.

MARTIN.

Donnez-nous votre carte, une plume et de l'encre, qu'on vous fasse un devis.

GACHET.

Oui, c'est un compte à régler; on veut savoir comme on va.

MADAME BERTRAND.

Vous serez ce que vous serez ; laissez-moi faire à tant par tête, vous serez contents.

MARTIN.

Eh bien! oui, traitez-nous à cent sous par tête, le vin à part.

GACHET.

Et ça ne sera pas la plus petite part.

MARTIN.

Pierre, puisque tu es des nôtres, va-t-en t'habiller, parce qu'on s'habille.

AIR : *Ce sont les maris d'Pantin.*

> N'perds pas d'temps ;   (bis.)
> Qu'ta toilette
> Soit complète!
> N'perds pas d'temps ;   (bis.)
> R'viens trouver les bons enfants.

PIERRE.

Jarni, que je suis heureux !

MADELAINE, à part.

Il m'a fait signe des yeux.

PIERRE.

J'vas m'approprier d'mon mieux.

MADAME BERTRAND.

Oui, va t'fair' beau si tu peux.

TOUS.

N'perds pas d'temps, etc.

SCÈNE VIII.

MARTIN, GACHET, buvant ensemble.

MARTIN.

Il est gentil, ce petit Pierre; il a des moyens comme charpentier.

GACHET.

Son père en avait dans sa partie... j'ai travaillé avec lui au pont de Sèvres dans les temps.

MARTIN, buvant.

Il aurait dû laisser quelque chose à sa famille, mais il en a diablement mangé et bu.

GACHET, buvant.

C'est vrai, il avait le défaut de boire.

MARTIN.

Presque tous les hommes à talents ont comme ça un défaut.

GACHET.

Pierre a du dessin et de l'écriture.

MARTIN.

Je crois que monsieur Marcel a aussi de bonnes intentions pour lui.

GACHET.

Une supposition qu'il aiderait un jeune homme comme ça ?

SCÈNE IX.

LES MÊMES, DURU LE SERRURIER, PARISIEN LE MENUISIER. Ils sont en habit de travail.

MARTIN.

Tiens, tiens, v'là du renfort; v'là Duru le serrurier et Parisien le menuisier...

DURU.

Oui, c'est nous... Comme je venais j'ai rencontré le Parisien...J'y ai dit : « Tu es du bâtiment; il y a un repas, une cotisation; faut que tu en soies. »

PARISIEN.

Et moi je lui ai dit : « Ça va. »

AIR : *Traitant l'amour sans pitié.*

En ch'min j'apprends que l'un d'nous
Est dans un' mauvaise passe;
Là-d'ssus j'vois qu'il faut qu'on fasse
Un' collette entre nous tous.
J'n'ai pas besoin qu'on m'éprouve,
Dans les occasions on m'trouve.

MARTIN.

On t'counaît et l'on t'approuve.
Les bons enfants de Paris
N'épargnent ni soins ni veilles
Pour mettre à sec les bouteilles,
Et r'mettre à flot les amis.

DURU.

Eh bien ! et ce dîner?... les v'là à table, au lieu d'être à la cuisine à commander.

PARISIEN.

Hein ! quand je te disais qu'ils arroseraient la carte. C'était pas eux qu'il fallait envoyer, c'était nous.

MARTIN.

Encore un fier homme, toi, Parisien, pour te charger de quelque chose !

PARISIEN.

Eh bien ! oui, je suis un fier homme, et cependant je n'en suis pas plus fier, parce que la fierté dans les états ce n'est que la preuve d'un orgueil inconvenante et superflue, et dans les choses...

GACHET.

Allons, le v'là qui va faire des discours, lui.

PARISIEN.

D'ailleurs, je suis ce que je suis, tu es ce que tu es, toi.

GACHET.

Je suis maçon.

PARISIEN.

Tu es maçon, moi, je suis menuisier; mais tu es marié, et je suis garçon, moi; je sais ce que je suis, et toi, tu ne sais pas ce que tu es. Sais-tu ce que c'est qu'un menuisier qui a des idées ?

MARTIN.

Laisse-nous donc tranquilles, avec tes idées! Duru, venez là, et vous, Parisien, à côté de votre ami Gachet.

PARISIEN.

C'est que, voyez-vous, avec des idées, on ne sait pas où l'on va.(Il va se mettre à table.) Dites donc, vous flûtiez là, tout d'même.

GACHET.

Fallait-il pas goûter le vin ?

MADELAINE, apportant une bouteille.

Vous avez demandé du vin ?

DURU.

Non; mais puisque la v'là, on va lui donner un soufflet.

PARISIEN.

Sûrement, parce que le vin par lui-même... d'autant qu'il y a vin et vin; les uns l'ont mauvais, les autres l'ont bon, et comme je suis de ceux qui ne l'a ni bon, ni mauvais...

MARTIN.

A votre santé, père Gachet.

PARISIEN.

A votre santé, père Gachet; comment se porte votre belle épouse, sans vous commander ?

GACHET, à Martin.

Il me demande toujours des nouvelles de mon épouse, le Parisien.

PARISIEN, buvant.

C'est que les femmes, voyez-vous.. c'est pas

parce que je n'en ai pas, mais je les aime... et puis
c'est modelé par la nature. et pour les égards...

MARTIN.

C'est une bonne réjouie, madame Gachet.

PARISIEN.

Ce n'est pas pour vous flatter, mais c'est une
belle femme.

DURU.

Et la vôtre, père Martin, votre petite Proven-
çale, vous fait-elle toujours enrager?

MARTIN.

Pas autant que la vôtre, qui vous bat.

DURU.

Parce que je veux bien; c'est une mauviette;
si je me revengeais, j'en ferais de la limaille.

PARISIEN.

Ah! Duru, vous le dites, mais vous ne le fe-
riez pas... Eh bien! c'te cotisation... voyons,
combien faut-il?

MARTIN.

C'est moi qui est chargé de la collèque; cent
sous pour le dîner, dix francs pour le bienfait.
Allonge. Quant au vin, faudra qu'il soit bu pour
qu'on sache...

PARISIEN, tirant de l'argent de sa poche.

Entre vos mains, père Martin, c'est de confiance; vous êtes un homme d'ordre... Ah! ça,
on va s'amuser; vos épouses en sont-ils? vos
belles épouses en sont-ils?

GACHET, se levant.

Non, les épouses n'en sont pas. (à Martin.) Dis
donc, parce qu'il est garçon!...

MARTIN.

C'est un dîner de bienfaisance, c'est pas pour
s'amuser.

PARISIEN.

C'est bon.

●●●

SCÈNE X.

LES MÊMES, MADAME DURU, MADAME GACHET,
MADAME MARTIN.

MADAME DURU.

Tenez, tenez, les v'là. Quand je vous disais que
nous les trouverions plutôt au cabaret qu'au bâtiment.

GACHET.

Ah! v'là nos femmes.

PARISIEN, allant au-devant d'elles d'un air galant.

Mesdames, votre serviteur.

MADAME MARTIN, avec un accent provençal.

Eh donc! monsieur Martin, je t'y prends encore, gros fainéant!

MADAME GACHET, gracieusement.

Ah! monsieur Gachet, un homme de votre
âge... Bonjour, monsieur Parisien.

DURU, se fâchant, et parlant de loin.

Voyons, quoi que tu viens faire ici? faut-il que
je t'aie toujours sur mes talons?

MADAME DURU, d'un ton sec.

Ne fais donc pas le méchant, parce que t'es devant les autres.

DURU.

Il ne s'agit pas de ça, tu n'as que faire ici; on
est en affaires; fais-moi le plaisir d'aller à la maison voir si j'y suis.

MADAME DURU.

Viens ici, qu'on te parle.

DURU, approchant.

Quoi que tu veux?

MADAME DURU.

Baisse-toi, qu'on te dit.

DURU, se baissant.

Eh bien! quoi?

MADAME DURU, lui donnant un soufflet.

C'est ça!

(Tout le monde rit.)

PARISIEN, riant.

Il fallait donc me dire ça, je vous aurais ap-
porté une chaise.

MADAME DURU, le menaçant.

Vous, ça ne vous ne regarde pas, c'est des affaires de ménage.

GACHET, à Martin.

C'est vrai, puisqu'il est garçon.

MARTIN.

Ah! ça, voyons, fin finale, qui vous amène ici?

MADAME MARTIN.

C'est madame Gachet qui m'a dit ce matin:—Je
vas porter la petite cantine à mon mari.— Eh
bien! que je lui dis, voisine, j'irai avec vous, que
je ne connais pas les abattoirs, et que je serais
bien aise de les voir. »

GACHET.

Ma bonne femme, je suis fâché que tu sois ve-
nue aujourd'hui; je dîne avec mes amis.

MADAME GACHET.

C'est ça, amusez-vous ensemble, et laissez là
vos femmes.

MADAME MARTIN.

Le mien n'en fait pas d'autres!

MADAME DURU.

C'est de votre faute; tous les dimanches, le
mien me mène chez Desnoyers; il marche devant et il porte le petit, encore.

DURU, bas à sa femme.

C'est bon, c'est bon; je porte ce que je veux,
ça ne regarde personne.

MADAME DURU.

Et s'il y en avait deux, tu les porterais tout
d'même.

MADAME GACHET, avec douceur.

Voilà comme vous êtes, monsieur Gachet, un excellent homme, mais vous n'avez pas d'économie... Deux pièces de cent sous vont vite chez un restaurateur.

MADAME MARTIN.

Qu'est-ce que ça leur fait, à ces hommes ! Ils ne sont pas regardants pour eux ; mais quand il s'agit d'une robe ou d'une collerette pour leurs femmes, c'est alors qu'ils y regardent.

MADAME DURU.

Faites comme moi, tenez votre mari de près ; je ne le quitte pas... Il ne s'amuse pas tous les jours, allez.

MADAME GACHET.

Le mien est assez raisonnable, s'il ne se laissait pas entraîner.

(Les hommes retournent à table.)

PARISIEN, à Duru.

Dites donc, est-ce vrai ce qu'elle dit, votre femme ?

DURU.

Allons, laisse-moi tranquille.

MADAME MARTIN.

Ah ! ça, aurez-vous bientôt fini de boire, aujourd'hui ?

MARTIN.

Fini ?... ça n'est pas commencé.

MADAME MARTIN.

Il paraît que les v'là en ribote pour toute la journée !

MADAME GACHET.

En ribote ? J'emmène le mien.

(Elle le prend par le bras.)

GACHET, prenant sa femme à part.

Écoute, viens que je t'explique... Une supposition que ce serait une partie de plaisir, t'aurais raison; mais dès l'instant que c'est un piquenique, un repas pour affaires, tu ne peux pas en être.

MADAME DURU, se fâchant.

Ne souffrez pas ça, ne vous laissez pas endormir. Duru, tu vas me suivre!

MADAME MARTIN.

Martin, en avant!

MARTIN, à Gachet et à Duru qui allaient sortir.

Eh bien ! ous que vous allez ? Dès l'instant qu'elles ne veulent pas entendre raison, c'est assez causer comme ça. (aux femmes.) C'est une fois dit pour toutes : vous ne pouvez pas être du repas qui se donne ici, c'est une affaire entre zhommes, entre gens de l'état, c'est clair; ainsi tâchons de nous taire et d'aller tremper la soupe aux mioches.

TOUS.

C'est ça, c'est ça.

(Les femmes sortent en bougonnant.)

SCÈNE XI.

PARISIEN, MARTIN, GACHET, DURU. Ils se remettent à table et boivent.

PARISIEN.

Vous avez eu tort de renvoyer les femmes... Ah ! ça, voyons, pour qui donc c'te collèque ?

MARTIN.

Tu ne le sais pas, peut-être ? C'est pour ce petit Pierre Bidot le charpentier, qui s'a blessé il y a deux mois.

PARISIEN, étonné.

Pour Pierre Bidot ?

MARTIN.

Pourquoi pas ?

PARISIEN, à Duru.

Eh bien ! je te remercie de m'avoir fait apporter mon argent pour un homme qu'est mon ennemi.

GACHET.

Quoi, ton ennemi ? qu'eu mal qu'y t'a fait ?

PARISIEN, avec humeur.

Il m'a fait qu'il veut se marier avec la petite Madelaine, la fille d'ici, que je recherche. Suffit, j'ai des idées, je sais ce que je dis.

MARTIN, se fâchant.

Qu'est-ce que t'as donc ? L'on te répondra.

PARISIEN, s'alignant, comme pour se battre.

Laisse donc ! t'as beau êtr' gros, ça ne fait rien.

DURU.

Si tu n'es pas content, on te rendra ton argent.

PARISIEN.

J'en veux pas de mon argent. Il suffit que Bidot soit mon ennemi, pour que je veux qu'il m'aie une obligation.

MARTIN.

Non; puisque c'est comme ça, tiens la vl'à, ton argent; elle ne tient à rien, on ne force personne.

PARISIEN.

Qu'est-ce qui dit qu'on me force ? Je n'en veux pas, et mieux que ça ; c'est que je veux mettre le double. (tirant deux autres pièces de cinq francs.) Le Parisien a toujours de l'argent.

GACHET.

Du tout, c'est taxé... faut pas qu'on mette plus qu'un autre, ça humilierait.

PARISIEN.

C'est bon... non... il voira, je ne dis que ça.

GACHET.

Ah ! ça, vas-tu faire une scène ?

(Martin met les quinze francs dans la tirelire.)

PARISIEN.

Non, je le respecte aujourd'hui, mais demain, j'ai mon idée.

MARTIN.

Allons nous habiller et nous reviendrons ici.
Madame Bertrand!... (Madame Bertrand paraît, il lui
donne la tirelire.) je la remets dans vos mains.

Les hommes sortent.

SCÈNE XII.

MADAME DURU, MADAME MARTIN, MADAME
GACHET *rentrant du côté opposé;* PARISIEN, *qui
les aperçoit, revient sur ses pas.*

MADAME DURU.

Ah! nos hommes sont partis, nous pouvons
jaser (apercevant Parisien.) Dites donc, Parisien.

PARISIEN.

Quoi, la petite maman?

MADAME DURU.

Vous allez me faire un plaisir...

PARISIEN.

Deux au lieu d'un, petite chatte.

MADAME DURU.

C'est de trotter aussi et plus vite que ça, et de
rejoindre vos amis.

PARISIEN.

Pourquoi donc? Cher amour... ah! non, ah!
non.

MADAME DURU, *goguenardant.*

Parce que nous avons à parler entre femmes,
et que vous êtes un homme.

PARISIEN.

C'est méchant!

MADAME GACHET, *gracieusement.*

Pourquoi le renvoyer? il n'est pas à craindre.

PARISIEN, *riant.*

Ah! ah! ah! autre méchanceté.

MADAME MARTIN.

Il est gentil, et de bon conseil surtout.

PARISIEN, *riant.*

Ah! je ne suis pas bon qu'à ça! On a du métier, il y a longtemps qu'on a fait son appren-
tissage à Paris, mesdames.

AIR de M. Blanchard.

J'peux, quoiqu' menuisier,
Boire et fair' l'aimable:
Et dans l'atelier
Être un homm' capable.
Les brocs d'vin répandus
Sur les planches, sur la table...

C'était hier dimanche; on monte sur la hauteur; le lundi, on perd encore un tiers de jour;
mais le lendemain, nini... fini.

Le coup d'rabot là-dessus,
Et psit! il n'y paraît plus.

si j'm'amuse un peu,
A tout j'ai répondu:
Va des tables de jeu
Ousque l'on s'enfonce!
Moi, quand j'n'ai plus d'écus,
A ces tables-là je r'nonce.

Je m'dis: Je suis-ti cornichon d'aller porter ma
semaine à ces cocos-là? Quand vous m'y rattra-
perez, malin, z'y fra joliment beau. J'n'ai plus
le sou, rien ne va plus. »

Le coup d'rabot là-dessus,
Et psit! il n'y paraît plus.

MADAME DURU.

Allons, c'est bon, monsieur le beau parleur.

MADAME MARTIN.

On dit qu'il est amoureux par ici; est-ce vrai
que vous roucoulez céans?

PARISIEN.

Eh bien! oui, mesdames, oui, je roucoule, je
ne m'en défends pas, et je crois que je suis aimé.
Il me semble que ça ne peut pas être en ques-
tion; on ne m'appelle pas pour rien le beau menuisier.

MADAME DURU.

Allons, il en arrivera ce qui pourra; soutenons
les amours du beau menuisier et vengeons-nous
de la conduite de nos hommes.

PARISIEN.

C'est cela, fiez-vous à moi, je suis garçon, je
peux conspirer contre les maris. Venez avec
moi, j'ai un projet. Eh! les petites mères, vous
danserez, ils danseront, nous danserons tous.

Air du vaudeville de Polichinelle.

Allons, mesdam's, allons, laissez-moi faire;
Que vos maris boiv'nt ou s'batt'nt plus ou moins:
Je vous réponds que, s'ils ont quelque affaire,
Ils auront tous leurs femmes pour témoins.

MADAME GACHET, *avec sentiment.*

Ne f'sons-nous pas, mesdam's, une imprudence?

MADAME MARTIN.

Laissez-la dir'; j'la connais, Dieu merci!

MADAME DURU.

Oh! nous savons, avec c't air de décence,
Comme elle fait aller son pauvr' mari.

ENSEMBLE.

LES FEMMES.

Allons, mesdam's, allons, laissons-le faire;
Que nos maris boiv'nt ou s'batt'nt plus ou moins,
Il nous répond, s'il arriv' queuque affaire,
Que d'leurs débats nous serons les témoins.

PARISIEN.

Allons, mesdam's, allons, laissez-moi faire, etc.

SCÈNE XIII.

LES MÊMES, MADAME BERTRAND. Elle arrive tenant la tirelire; elle la pose sur la table qui est sur le devant du théâtre.

PARISIEN.

Chut, mesdames, v'là madame Bertrand.

MADAME BERTRAND, aux femmes qui s'en vont.

Eh bien! mesdames, vous vous en allez sans rien prendre... on ne peut rien vous offrir?

MADAME DURU.

Non, madame Bertrand, rien pour le quart d'heure; nous venions pour voir nos maris, nous leur z'avons parlé, nous leur z'avons dit ce que nous voulions leur dire.

MADAME GACHET.

Nous avons vu ce que nous voulions voir.

MADAME MARTIN.

Nous avons pris ce que nous voulions prendre.

PARISIEN.

Nous avons entendu ce que nous voulions entendre.

(Il embrasse madame Bertrand, et sort en sautant et donnant le bras à madame Martin et madame Gachet; madame Duru sort aussi.)

SCÈNE XIV.

MADAME BERTRAND, ensuite MADELAINE et les GARÇONS MARCHANDS DE VIN, apportant des nappes, des serviettes, des verres, des bouteilles, et se disposant à mettre un grand couvert. Ils posent les tables en fer à cheval dans le fond; ils vont et viennent pendant toute la scène suivante.

MADAME BERTRAND. Elle appelle.

Holà! hé! Madelaine, François, venez mettre le couvert ici, et arrangez les tables en fer à cheval!

MADELAINE.

Nous v'là, ma mère, nous v'là! Ça va t'être bientôt fait, allez.

MADAME BERTRAND, à part.

Ce bon monsieur Marcel, qui veut bien s'occuper de marier ma fille à quéque richard comme lui, sans doute.

SCÈNE XV.

MADAME BERTRAND, MARCEL; un instant après, PIERRE, habillé.

MADAME BERTRAND.

Vot' servante, monsieur Marcel.

MARCEL.

J'arrive pour le dîner.

MADAME BERTRAND.

Eh bien! il est prêt, on va le servir. Et le prétendu que vous m'aviez promis?

MARCEL, se retournant et apercevant Pierre qui cause avec Madelaine.

Il est prêt aussi.

MADAME BERTRAND.

Eh bien! où est-il?

MARCEL.

Oh! il n'est pas loin, il connaît le chemin; vous pouvez mettre son couvert.

MADAME BERTRAND, à part.

Allons, c'est lui, il n'y a pas de doute.

MARCEL, apercevant la tirelire qui est sur la table et la prenant.

Un peu de patience. Qu'est-ce que c'est que cette tirelire que voilà? La peste! elle est lourde!

MADAME BERTRAND.

C'est une collecte qu'a fait les ouvriers.

MARCEL, à part.

Les braves gens! Ce pauvre Pierre ne se doute pas de cela.

(Il fait sonner la tirelire.)

MADAME BERTRAND.

Je crois qu'il n'y a que de l'argent blanche.

MARCEL, glissant quelques pièces d'or dedans.

Peut-être.

MADAME BERTRAND.

Ah! dame! c'est que ces braves gens-là ne roulent pas sur l'or.

MARCEL.

Je le sais.

AIR : *Ah! conservons avec un saint respect.*

Mais qui vous dit que cette humanité,
Qui parle au cœur de la classe ouvrière,
N'a pas aussi dirigé la bonté
D'une main riche et tutélaire?
Ne voit-on pas tous les jours en ce temps,
Dans maint acte de bienfaisance,
S'unir par des rapports touchants
Et le denier des pauvres artisans,
Et le tribut de l'opulence?

MADAME BERTRAND.

Il est juste de dire que ça se voit.

MARCEL.

Madame Bertrand, n'oubliez pas de mettre un couvert pour moi ; je vais faire un tour là-dedans et goûter le vin.

(Il entre dans le cabaret.)

SCÈNE XVI.

LES MÊMES, MARTIN et GACHET, habillés, l'œil de poudre, la grande boucle au soulier, la redingote bien pendante.

MARTIN, voyant la table.

Ah ! ah ! voilà une demi-lune, mère Bertrand, qui vous fera honneur et à nous plaisir !

GACHET, regardant la figure de madame Bertrand.

Où donc que tu vois une demi-lune ? je la vois dans son plein, moi.

MADAME BERTRAND, lui donnant une tape sur l'épaule.

Allons, mauvais plaisant.

GACHET.

Faut-y pas rire ?

MARTIN.

Puisqu'on vient pour s'amuser.

SCÈNE XVII.

LES MÊMES, DURU, PARISIEN, à la tête des autres ouvriers, tous en habits des dimanches.

DURU.

AIR : Rantanplan.

Mes amis, v'là l'bâtiment,
  En plein, plan, rantanplan.
  Tire lire en plan,
  Qui s'unit en ce moment
  Pour chanter, boire et rire.

CHŒUR.

Pour chanter, boire et rire.

DURU.

Et mett' dans la tir'lire
Chacun sa part en argent,
  En plein, plan, rantanplan,
  Tire lire en plan,
  Pour le r'pas du sentiment
  Et l'bienfait qu'on désire.

PIERRE, tirant de l'argent de sa poche.

V'là ma part.

MARTIN.

Qu'on lui r'tire
Ben vite la tir'lire.

PIERRE, se fâchant.

Pisque j'suis du bâtiment,
Vous devez sur-le-champ

Recevoir mon argent ;
J'ai le droit d'mettre mon contingent,
  Vous n'avez rien à dire.

TOUS.

Nous n'avons rien à dire.

MARTIN, s'avançant et les interrompant.

Paix ! Au contraire, Pierre, j'ai à te dire quelque chose... Vous autres, en arrière ; c'est moi qu'est l'orateur parce que j'harangue, à moins que le père Gachet qu'est le pus ancien...

GACHET.

Non, une supposition que j'aurais comme toi la parole en main, je ne dis pas que je ne dirais pas...

DURU.

Taisez-vous donc, père Gachet.

GACHET.

Non, c'est que j'y expliquais...

PIERRE, surpris.

Que de cérémonies !

MARTIN, d'un ton solennel.

Vois-tu, Pierre, les ouvriers entr'eux sont des hommes, et faits pour s'entr'aider dans les circonstances, car tout homme doit tendre la main à celui qu'est dans la peine, et si le compagnonnage queuque fois, par des mal-entendus... mais nous autres gens honnêtes, de l'état, ouvriers, l'un pour l'autre, comme on peut être dans le bâtiment, tu m'entends ! Fin finale, t'as été blessé, Pierre ; ça va mieux, Pierre ; nous en sommes flattés, Pierre ; c'est le motif de la réunion, histoire de payer le sirugien et de dîner pour nous réjouir, dont je t'offre au nom de toute la société la tirelire de l'amitié. Je la remets dans tes mains, et voilà.

CHŒUR.

AIR de Renaud d'Ast.

Bravo ! c'est ça ;
J'n' perds pas la trémontane.
  Ah ! ç'luron-là !
  La bel organe
  Qu'il a !

PIERRE, tenant la tirelire.

Y pensez-vous ! j'accepterais, par exemple ! (avec sensibilité.) Non, je ne m'attendais pas à un affront comme celui-là. Je ne croyais pas que ça serait des amis qui me feraient une chose pareille ; je ne l'ai pas mérité !

PARISIEN.

Qu'est-ce qu'il dit donc ? Est-il bête ?

PIERRE, essuyant ses yeux.

C'est un mauvais trait ; je suis sûr que c'est le Parisien qui vous a donné cette idée, parce qu'il m'en veut.

PARISIEN.

Moi, je t'en veux ! Pourquoi que je t'en voudrais ? est-ce que je te crains ?

PIERRE.

Mais je ne te crains pas non plus.

PARISIEN.

Est-ce que je ne te vaux pas ?

PIERRE.

Mais je crois que je te vaux bien aussi.

PARISIEN.

Ah ! tu me vaux, tu me vaux ! Tu vaux ce que tu vaux, je ne veux pas t'acheter.

PIERRE.

Je ne suis pas à vendre.

PARISIEN.

Ni à louer.

MADAME BERTRAND.

Il refuse ! Il est bien fier.

MADELAINE.

Il a raison.

PIERRE.

N'est-ce pas, Madelaine ? Pour vous faire voir comme vous m'humiliez, je n'en veux pas.

(Il jette sur la table la tirelire, qui se brise.)

PARISIEN.

Allons, allons, il est timbré.

MARTIN.

Ramassez bien tout, vous autres ; je vas recompter, voir à voir si le compte y est ; j'ai ma liste.

(On ramasse l'argent qu'on met sur une table ; Martin le compte.)

PIERRE, pleurant.

Non, on a voulu m'humilier.

GACHET, prenant Pierre à part.

Écoute donc que je t'explique : une supposition qu'on aurait voulu t'humilier... mais non.

DURU.

Tu as tort.

PIERRE.

Quand on a du cœur on n'aime pas ça. Je vas reprendre l'ouvrage lundi, et, Dieu merci ! je ne veux tendre la main à personne.

PARISIEN.

Tu es t'un enfant.

PIERRE.

Quoique ça, dînons, je le veux bien, mais que chacun reprenne son surplus, ou je ne vous regarde plus comme des amis.

MARTIN.

C'est dit, on n'a pas voulu t'humilier ; je vas rendre.

PARISIEN.

Tant mieux : si on rend je reprendrai mes deux médailles.

MARTIN, comptant l'argent.

V'là ça, ou v'là bien d'une autre !

TOUS.

Quoi ?

MARTIN.

Je ne puis pas rendre, le compte n'y est pas.

GACHET.

L'argent est rond, il aura roulé quéqu'écus.

PARISIEN.

Je vas remettre.

MARTIN.

C'est pas ça ; y a cent francs de trop et en or.

TOUS.

Cent francs !

DURU.

De trop !

GACHET.

En or !

MARTIN.

Je vois ce que c'est ; le Parisien s'est trahi tantôt, il a dit qu'il voulait mettre le redouble des autres ; c'est lui qui nous a fait cette sottise-là.

PARISIEN.

Du tout, on m'a retenu la main dans le gousset. (à Pierre.) Tiens, pour te prouver, je voudrais que tu te casses une jambe sans te faire de mal, et on rembourserait avec plaisir, et on rechargerait la mule ; vois-tu ça.

MARTIN.

Les bons comptes font les bons amis, c'est moi qui tiens la caisse, je suis responsable, je ne veux pas d'erreur ; il y a cent francs de trop, il faut que ça se retrouve.

TOUS.

Oui, il faut que ça se retrouve.

DURU.

Il faut savoir qui qui l'a mis.

PIERRE, en montrant Parisien.

Je suis sûr que c'est toi.

TOUS, criant.

Oui, c'est toi.

MADAME BERTRAND.

Ils vont se battre ! à la garde ! A la garde ! Je vais vite prévenir monsieur Marcel.

(Elle entre dans le cabaret.)

TOUS, entourant Parisien.

Air : Au collet, au collet !

Oui, c'est toi   (bis.)
Qui nous a fait c't'algarade ;
Oui, c'est toi, oui, c'est toi
Qu'humilie un camarade !
Je n'souffrirai pas, ma foi !
Que l'on me fasse la loi !
Faut qu'tu t'expliqu' avec moi,
Ou bien qu'tu dises pourquoi. (ter.)

PARISIEN, à Gachet, qui le tient au collet.

Vous, père Gachet, je vous respecte : vot' belle femme le mérite.

SCÈNE XVIII.

LES MÊMES, MARCEL, MADAME BERTRAND.

MARCEL, paraissant tout à coup

Eh bien! eh bien! qu'y a-t-il donc, mes amis?

TOUS, s'arrêtant.

Ah! c'est monsieur Marcel.

GACHET, allant à Marcel, le chapeau sous le bras.

Monsieur Marcel, je vas vous expliquer... une supposition que vous vous trouveriez l'être de la colette...

MARCEL.

Justement, mes amis; c'est que j'en suis; c'est moi qui ai mis les cent francs qui font le sujet de votre dispute.

PARISIEN.

Quand j'étais sûr que ce n'était pas moi! hein, malin. J'm'en vas, à c't'heure. (à part.) Ah! j'ai une idée.

(Il sort.)

MARCEL.

N'avais-je pas le droit aussi d'entrer pour quelque chose dans votre action généreuse? J'ai commencé ma carrière avec vous, le sort m'a favorisé; je n'oublierai jamais mes premiers amis.

Air de M. Blanchard ou de l'Écu.

Peut-on marcher du même pas
Sur la route de la fortune?
Non, non, c'est une loi commune.
Ensemble on part, mais trop souvent, hélas!
On perd l'ami dont on tenait le bras.
Chargé du plus riche bagage,
Après avoir fait son chemin,
Tournant les yeux sur son passage,
Heureux, avant la fin de l'âge,
Celui qui peut tendre la main
À son compagnon de voyage!

(Il tend la main à Pierre qui se jette dans ses bras; tous les ouvriers sont attendris.)

MARTIN, aux autres.

Dites donc, v'la encore un bon enfant, ou je ne m'y connais pas

MARCEL.

Madame Bertrand, voila le futur que je vous ai promis; je lui donne l'entreprise des bois de tous mes bâtiments. je paie le repas de noce et je m'y invite.

MADAME BERTRAND.

Comme ça il n'y a pas d'obstacles.

PIERRE, ôtant son écharpe.

En ce cas, bonsoir au sirugien.

(Il embrasse Madelaine.)

TOUS.

A table! a table!

(Pendant qu'ils se disposent à se mettre à table, on entend le violon de l'autre côté du mur.)

MARTIN.

Tiens, en v'là qui s'amusent aussi de l'autre côté.

GACHET, regardant par la grille de séparation.

Voyons donc que je voie! Eh! mes amis, c'est nos femmes qui dansent.

TOUS.

Nos femmes!

MARTIN.

Ah! queu déchet!

GACHET.

Et le Parisien qui danse avec mon épouse.

TOUS.

Les voilà!..

SCÈNE XIX.

LES MÊMES, MADAME MARTIN, MADAME GACHET, MADAME DURU, FEMMES D'OUVRIERS en toilette.

LE CHŒUR.

Air de contre danse (la Sabotière).

Plac', plac'! voilà les dames!
Sans ell's point de plaisir!
Gar', gar'! voilà vos femmes!
Ça va vous divertir.

MADAME GACHET.

Ah! vous vouliez nous répudier!

MADAME MARTIN.

Mais nous sommes de bonnes âmes.

MADAME DURU.

Et nous v'nons, sans nous fair' prier,
Vous servir un plat d'not' métier.

LE CHŒUR.

Plac', plac'! voilà les dames! etc.

MADAME MARTIN.

Messieurs, nous avons dîné; nous venons danser avec vous, si ça ne vous dérange pas.

MADAME DURU.

Allons, huit hommes de bonne volonté, et la double contredanse.

MADAME GACHET.

Gachet, tu ne danses plus, toi, mon petit homme.

GACHET.

Je ne danse pas souvent; mais une supposition qu'on aurait besoin d'un cavalier pour la figure, je serais encore là.

LE PARISIEN.

J'ai retenu votre femme pour toute la soirée.

MARTIN.

Allons, à table! les ceux qui ne dansent pas, en

place les ceux qui veulent tricoter; en avant les bons enfants, et vive la joie!

Air *de contredanse.*

Employons bien chaque moment;
    Que l'vin coule
    Et que l'argent roule!
Mais demain d'bonn' heure au bâtiment!
En avant l'bois de fer et le ciment!

(Les acteurs principaux exécutent ici une contre-danse comique, après laquelle ils se rangent en demi-cercle, et chantent au public le couplet suivant.)

MARCEL, au milieu.

Air *du vaudeville des Deux Duègnes.*

Puisque l'on protége en France
Les gens de tous les métiers,
J'implore votre indulgence
Pour mes braves ouvriers.

PIERRE.

Le compagnon charpentier
Pour vous se met en chantier.

DURU.

Pour vous j'n' s'rai pas manchot;
J'battrai le fer tant qui s'ra chaud.

PARISIEN.

Jours ouvrabl's, fêt's ou dimanches,
L'menuisier n'a qu'un désir,

C'est de n'pas quitter les planches,
Et d'vous fair' toujours plaisir.

MARTIN.

Vous savez qu'à vot' couvreur
Le travail ne fait pas peur;
Y n'voudrait, trent' fois par mois,
Qu'vous servir sur les deux toits.

GACHET.

Messieurs, que je vous explique:
Tenez, un' supposition,
Qu'vous m'garderiez vot' pratique,
J's'rais toujours vot' vieux maçon.

MESDAMES GACHET, DURU, MARTIN.

Les femmes de leur côté
Ne manqu'nt pas d'bonn' volonté.

MADAME BERTRAND.

La bourgeois' veut plaire à tous.

MADELAINE.

La fill' se r'commande à vous.

MARCEL.

A votre bonté propice
On se fie avec raison;
Ils ont construit l'édifice,
Venez remplir la maison.

TOUS.

A votre bonté propice
On se fie avec raison;
Nous ont construit l'édifice,
Venez remplir la maison.

FIN DES OUVRIERS.

IMPRIMERIE DE E. DUVERGER, RUE DE VERNEUIL, Nº 4.

FRANCE DRAMATIQUE.

PIÈCES EN VENTE :

La Seconde Année.
L'Ecole des Vieillards.
L'Ours et le Pacha.
Le Camarade de lit.
Le Mari et l'Amant.
Les Malheurs d'un Amant heureux.
Henri III, et sa cour.
Un Duel sous le cardinal de Richelieu.
Calas, de Ducange.
Michel et Christine.
Le Mariage de raison.
L'Homme au Masque de fer.
La Jeune Femme colère.
L'Incendiaire.
La Vieille.
Le Jeune Mari.
La Demoiselle à marier.
Les Vêpres Siciliennes.
Le Budget d'un jeune ménage.
L'Auberge des Adrets.
Philippe.
La Dame blanche.
Toujours.
Dix ans de la vie d'une femme.
Le Lorgnon.
Bertrand et Raton
Une Faute.
Le ci-devant jeune homme.
Marie Mignot.
Pourquoi ?
Richard d'Arlington.
La Chanoinesse.
Les Comédiens.
L'Héritière.
Léontine.
Le Gardien.
Dominique.
Le Philtre Champenois.
Le Chevreuil.
Le Charlatanisme.
Vert-Vert.
Brueis et Palaprat.
Une Fête de Neron.
Le Mariage extravagant.
Le Paysan perverti.
Pinto, en 5 actes.
La Carte à payer.
Le Mari de ma femme.
Les vieux Péchés.
Luxe et Indigence.
Zoé.
Louis XI.
Ninon chez madame de Sévigné.
Robin des Bois.
Marius.
Marie Stuart.
Les Rivaux d'eux-mêmes.
La famille Glinet.
Les Héritiers.
Jeanne d'Arc.
Les Maris sans femmes.
L'Assemblée de famille.
Mémoires d'un Colonel de Hussards.
Le Paria.
Les Deux Maris.
Le Médisant.
La Passion secrète.
Rabelais.
Les Deux Gendres.
Estelle.
Trente Ans.
Le Pré-aux-Clercs.
La Poupée.
La Tour de Nesle.

Changement d'uniforme.
Une Présentation.
Madame Gibon et Madame Pochet.
Est-ce un rêve ?
Fra Diavolo.
Robert-le-Diable.
Le Duel et le Déjeuné.
Zampa.
Avant, Pendant et Après.
Les Projets de mariage.
Un premier Amour.
Napoléon, ou Schœnbrunn et Sainte Hélène.
La Courte-Paille.
Le Hussard de Felsheim.
1760, ou les trois Chapeaux.
Rigoletti.
Robert Macaire.
Frédégonde et Brunehaut.
Gustave III.
Elle est folle.
L'Abbé de l'Epée.
Un Fils.
Les infortunes de M. Jovial.
M. Jovial.
Victorine.
Catherine, ou la Croix d'or.
La Belle-Mère et le Gendre.
Heur et Malheur.
Il y a Seize Ans.
L'Héroïne de Montpellier.
C'est encore du Bonheur.
La Mère au bal, et la Fille à la maison.
Jean.
Les Etourdis.
Valérie.
Faublas.
Picaros et Diégo.
La Démence de Charles VI.
Une Heure de mariage.
Madame Du Barry.
Le Voyage à Dieppe.
Les Anglaises pour rire.
La Fille d'honneur.
Un Moment d'imprudence.
Le Dîner de Madelon.
Les Deux Ménages.
Le Bénéficiaire.
Les Malheurs d'un joli Garçon.
Robert, chef de Brigands.
Michel Perrin.
Une Journée à Versailles.
Le Barbier de Séville.
Les Cuisinières.
Le nouveau Pourceaugnac.
Marie.
Le Secrétaire et le Cuisinier.
Clotilde.
Le Bourgmestre de Saardam.
Le Roman.
Le Coin de rue, ou le Rempailleur de chaises.
Le Célibataire et l'homme marié.
La Maison en loterie.
Les Deux Anglais.
Le Mariage impossible.
La Ferme de Bondi.
Werther.
La Prison d'Edimbourg.
La première Affaire.
La Famille de l'apothicaire.
Don Juan d'Autriche.
L'Enfant trouvé.
Le Poltron.

Le Facteur.
Misanthropie et Repentir.
Le Châlet.
Perrinet Leclerc.
Moiroud et Compagnie.
Agamemnon.
Chacun de son côté.
Le Vagabond.
Thérèse.
Sans Tambour ni Trompette.
Marino Faliero.
Fanchon la Vielleuse.
Prosper et Vincent.
Glenarvon.
Le Conteur.
Le Caleb de Walter Scott.
La Dame de Laval.
Carlin à Rome.
Les Deux Philibert.
Les Couturières.
Couvent de Tonnington.
Le Landau.
Une famille au temps de Luther.
Les Poletais.
Honorine.
Angéline.
La Princesse Aurélie.
Les petites Danaïdes.
Sophie Arnould.
Un Mari charmant.
Les deux Frères.
Madame Lavalette.
La Pie Voleuse.
La Famille improvisée.
Les Frères à l'épreuve.
Le marquis de Carabas.
La Belle Ecaillère.
Les Deux Jaloux.
La Laitière de Montfermeil.
Les Bonnes d'Enfants.
Farruck le Maure.
Monsieur Sans-Gêne.
Madame de Sévigné.
M. Chapolard.
La Camargo.
Préville et Taconnet.
Le Bourru bienfaisant.
La Fille de Dominique.
Le Philosophe sans le savoir.
Rossignol.
Deux vieux Garçons.
La jeunesse du duc de Richelieu.
Le père de la Débutante.
L'Avoué et le Normand.
La Juive.
Un Page du Régent.
Les Indépendants.
Les Huguenots.
Mal noté dans le quartier.
L'Idiote, drame en 4 actes.
Suzette.
Guillaume Culmann, dr. en 5 actes.
Les Deux Edmond.
Le Serment de Collège.
La Vie de Garçon.
La Camaraderie.
Le Commis Voyageur.
La Liste de mes Maîtresses.
Alix, ou les Deux mères.
99 Moutons et un Champenois.
Hernani, parodie.
Un Ange au sixième étage.

Frascati, vaud. en 3 actes.
La Cocarde tricolore,
La Muette de Portici.
La Foire Saint-Laurent.
Clermont.
Le Pioupiou, v. en 5 actes.
Le Perruquier de la Régence.
Le Chevalier du Temple.
Le Mariage d'argent.
Le Camp des Croisés, avec une préface et *une Lettre de Victor Hugo* à l'auteur.
Mademoiselle d'Aloigny.
Une vision, ou le Sculpteur.
Le Bourgeois de Gand.
Le Pauvre Idiot, d. 5 actes.
Louise de Lignerolles, dr. en 5 actes.
L'Homme de Soixante Ans.
Marguerite.
La Belle-Sœur.
Céline la Créole, ou l'Opinion, dr. en 5 actes.
Mademoiselle Bernard, ou l'Autorité paternelle.
Précepteur à vingt ans.
Madame Grégoire.
La Cachucha.
Samuel le marchand, dr. en 5 actes.
Guillaume Tell, op. 4 a
Henri Hamelin, d. 5 a.
Un testament de dragon.
Le Ménestrel, com. 5 a.
Les Bayadères de Pithiviers, vaud. en 3 tab.
Peau d'âne, en 5 a.
L'ouverture de la Chasse.
La Vie de Château.
L'Obstacle imprévu.
Richard Savage, dr. 5 a.
Le Grand-Papa Guérin.
Le Général et le Jésuite, drame en 5 actes.
La Boulangère a des écus.
Don Sébastien de Portugal, trag. en 5 actes.
C'est Monsieur qui paie.
Mademoiselle Clairon.
Ruy-Brac, parodie de Ruy-Blas.
Une Position délicate.
Randal, dr. en 5 actes.
L'Enfant de Giberne.
Sept Heures.
Un Bal de Grisettes.
Candinot, roi de Rouen.
Françoise et Francesca.
La Mantille.
Les Trois Gobe-Mouches.
Le Postillon Franc-Comtois.
Mademoiselle Nichon.
Dagobert.
Les Maris vengés.
Une Saint-Hubert.
La Fille d'un Voleur.
Les Serments.
Le Planteur.
Jaspin, com.-vaud.
Le Père Pascal.
Nanon, Ninon et Maintenon.
Phœbus.
Les Camarades du ministre.
Vingt-six ans.
La Canaille.
L'Eclair.

L'Intérieur des Comités révolutionnaires.
La Laitière de la Forêt.
Bobèche et Galimafré.
La Femme Jalouse.
Le Panier Fleuri.
Le Protégé.
Le Diamant.
Les Treize.
Geneviève la Blonde.
Industriels et Industrieux.
Le Pied de mouton.
La Grande Dame.
Passé Minuit.
Le Susceptible.
Le Pacte de Famine.
Le Tribut des Cent Vierges.
Isabelle de Montréal.
Une Visite nocturne.
Madame de Brienne.
Un Ménage parisien.
Les Brodequins de Lise.
Valentine.
La Belle Bourbonnaise.
Mademoiselle Desgarcins.
Passé Midi.
Les trois Quartiers.
La Nuit du Meurtre.
La Fiancée.
Les Ouvriers.

IMPRIMERIE DE E. DUVERGER, RUE DE VERNEUIL, N° 4.

www.ingramcontent.com/pod-product-compliance
Lightning Source LLC
LaVergne TN
LVHW012203170726
843503LV00009B/4359